KB089655

휘어진 가지

황금알 시인선 178

# 휘어진 가지

초판발행일 | 2018년 7월 31일

지은이 | 구재기
펴낸곳 | 도서출판 황금알
펴낸이 | 金永馥
선정위원 | 김영승 · 마종기 · 유안진 · 이수익
주간 | 김영탁
편집실장 | 조경숙
표지디자인 | 칼라박스
주소 | 03088 서울시 종로구 이화장2길 29-3, 104호(동숭동)
전화 | 02)2275-9171
팩스 | 02)2275-9172
이메일 | tibet21@hanmail.net
홈페이지 | http://goldegg21.com
출판등록 | 2003년 03월 26일(제300-2003-230호)

ⓒ2018 구재기 & Gold Egg Publishing Company Printed in Korea

값은 뒤표지에 있습니다.

ISBN 979-11-89205-09-6-03810

*이 책 내용의 전부 또는 일부를 재사용하려면 반드시 저작권자와 황금알 양측의
 서면 동의를 받아야 합니다.
*잘못된 책은 바꾸어 드립니다.
*저자와 협의하여 인지를 붙이지 않습니다.
*이 도서의 국립중앙도서관 출판예정도서목록(CIP)은 서지정보유통지원시스템
 홈페이지(http://seoji.nl.go.kr)와 국가자료공동목록시스템(http://www.nl.
 go.kr/kolisnet)에서 이용하실 수 있습니다. (CIP제어번호 : CIP2018022880)

# 휘어진 가지

구재기 시집

황금알

1978년 2월
전봉건全鳳健 선생님의
『현대시학』 추천으로 등단한 뒤
2018년 2월을 지나고 보니
벌써 40년 넘어 시와 함께 살아온 셈이 된다

문득 시집을 보내주신
한 원로 시인께 감사하다는 인사를 드렸더니
오히려 "너무 시집이 흔해서 시집 받았다고 인사하는
이들이 귀한 시대입니다. 고맙습니다"라는 말씀으로
보내주신 답이 떠오른다.
그 순간 가슴이 찡, 저려왔다.
울컥, 뜨거운 덩어리가
깊은 곳으로부터 치솟아 오르는 듯했다

그러나 나는
또 시집을 펴내고, 그 속의 내 시는
아직도 짙은 안개 속에 싸여있다
이제부터 내 시는
어떠한 대상도 없는 싸움이다
햇살 한 줌을 향하여
내 스스로 싸움을 즐기면서
종심從心의 오기傲氣와 함께 걷기로 한다

2018년
다시 만난 봄날 속에서

산애재蒜艾齋에서
구재기丘在期

# 차 례

## 2부

3부

# 4부

1부

# 창밖을 바라보며

나야말로
나의 주인인데
어떤 주인이 따로 있을까

나에게 주어진 것
소중히 생각하다 보면
언제나 나는 나를, 진정한
주인으로 살아갈 수 없다

아름다운 말이
진실하지 않다 하여
진실한 말이 아름다울 수 있을까

창밖으로
바람이 지나가는 걸
나뭇잎 흔들림으로 바라보다가
마음 가는 데로 나는 나를 따를 뿐이다

하루에도 몇 번씩

흐르는 물을 막아보지만
단 한 번의 멈춤도 바로 알지 못한다

# 백자청화모란문호 앞에서

바라보면 향이 많아서
절로 허리가 굽혀지는 것일까
벌 나비는 아예
꽃송이 속에 깊이 숨어들어
통 보이지 않고
어린 여학생 세라복 카라 같은
꽃 이파리 몇 거느린 모습이다가도
아침이슬 몇 줌에
흠씬 젖어버린 모양인데
바람 건듯 불어
전염되어오듯 솟구치는 그리움
처음 느껴보는 것도 아닌
그래서 더욱 살갑게 다가오는
어쩌면 쌓인 눈에 내린 흰 달빛처럼
차가운 슬픔이 겹겹이 이는지라
머무는 곳에 욕심하여
안락을 준비할 줄도 모른다면
차라리 슬그머니 물러나
모란꽃을 바라볼 일이다

바라보는 눈가를 촉촉하게
모란 향기로 적실 일이다

# 뒤늦은 깨달음에 대하여

나이 68살이 되는
햇볕 좋은 봄날
어제 만났던 초등학교 동창을
또다시 만나기로 했다

나이로 8살에
초등학교 들어갔고
그래서 친구가 된 지
벌써 60년이 흘러갔다

그 긴 세월을
문득 깨닫고는
초등학교 동창 밴드에 들어가
60년 된 친구임을 두루 알렸더니

또 다른 친구들이
우르르 몰려와서
그걸 바로 깨닫는데
60년이나 걸렸다고 말했다

지상에 없는 친구까지
뒤늦게 달려와서
들리지 않는 목소리를 높여
눈물로, 60년을 외쳐대기도 했다

# 존재론

마디풀 방동사니 여뀌 미나리아제비 애기똥풀 곰보배
추 수영 소리쟁이 한삼넝쿨 박주가리… 들을
　모조리 뽑아내고 보니
　이적지 잊고 지내왔던
　너른 땅이 나타났다

개망초 씀바귀 고들빼기 바랭이 쇠뜨기 강아지풀 쇠비
름 매듭풀 땅빈대 가막살이… 들로 전혀
　구분되어지지 않았던 이 지구의 땅
　아무것도 없는
　전체로 되돌아왔다

처음도 없고 끝도 없는
지구의 땅 한가운데
나는 나에게로 돌아와
홀로, 우뚝 서 있다

# 별 많은 밤에

비바람 거센
한여름 날 밤이면
홈통 속 물소리에 놀라고

한겨울 대낮이라도
문 닫고 홀로 있으면
고드름 떨어지는 소리에 놀라던

어린 시절처럼

그렇게 놀란 가슴으로
살아왔다 하더라도
별 많은 밤이 너무 그립다고

아파트 숲을 빠져나와
구렁목고개를 넘어온
바람소리, 속삭이듯 들려왔다

# 거울 속의 날씨는 흐림

그동안
얼마나 많은 얼굴을
찾아 나서며 살아왔던가
허둥지둥 발걸음을 돌려
거울 앞에 서면
거울 속에는 이적지
보지 못한 얼굴만이 보인다

거울 속 날씨는 흐림

거울 속에는
분노를 이겨낸
숱한 인내가 숨어있고
끝없는 욕망 속
짧은 쾌락 끝을 따라온
긴 고통이 연이어 나온다

문득
해바라기 한 송이가

피어나고 있다
흐린 하늘 속에서
흐린 빛을 향해가고 있다
그렇게 하늘만 바라보고 있다

# 화롯불을 헤치며

이미
타버린 것들에는
침묵이 있었다

누군들
알았으랴, 애당초
저렇게 타버리면 어둠뿐

어둠을
다독이며
문득 헤쳐보다가

아, 아직도
남아있는 애증愛憎은
열어보지 못한 뜨거운 궁전宮殿

단박에
풀릴 수 없는
침묵은 깊었다

# 내 몸은

높고 낮음
많고 적음

넓고
좁음 사이

삶과 죽음
— 과 같은 개념들이

모두 담긴
그릇된 그릇이다

내 몸이
너무 크다

# 돌밭에서

어떤 이는
성모의 기도를 받들며 가고
어떤 이는 부처의 미소를 모셔가고
어떤 이는 수십만 평 대평원 아득하니
솟아오른 삼봉三峯을 거두어 가고
죽장에 삿갓 쓰고 시를 찾기도 하지만

그렇게
쓸모 있는
돌의 쓸모를
쉽게 깨달으면서도
걸음마다 밟히고 있는
수많은 돌멩이의 쓸모는 몰랐다


* 첫 연의 성모상, 부처상, 대평원, 김삿갓상 등은 수석의 형상석形象石
  을 일컬음.

# 정상적

팔은
안으로 굽고
다리는 밖으로 굽는다

그러니까
가운데 몸은
앞뒤로 흔들린다

내 몸은
지극히 정상적이다.

# 허우허우

목숨을 지탱하는 데는 굵기의 문제가 아니었다
백옥 같이 구르는 발목 자국이 내려 쌓이는 눈에 여지
없이 허물어져 갔다
마지막 허기의 순간에 소금더미 같은 게 눈부시게 보
였다
목놀림 속도가 더해지는 걸 보니
분명 지칠 줄 모르는 숨소리가 거칠어가는 게다

눈꽃 축제의 장 한켠에서
비둘기 떼들이 모여 제 목숨들을 펼쳐놓고
고래등같이 쌓인 눈꽃에 가늘한 두 발을 연신 허우허
우거렸다*


* 허우허우거리다: '허우적허우적거리다'의 준말

# 종심從心

낙엽 한 잎으로 지상에 내려앉기까지에는 오랜 시간을
필요로 했다. 한때의 푸른 시간, 그리도 높았던 새소리
들이 줄아들고 대쪽처럼 꼿꼿했던 오만의 입맥[葉脈]도 절
로 굽어지는 걸 보면 계절이 마음 안에 깊이 깃들어 있
음이 분명했다

# 외도外道

집을 나선
바람의 발걸음은
가볍다

아무런
생각도 없고
어떤 지음[作]도 없다

거칠 것이 없는
발걸음

바르지
않은 길을
바르게 걷는

바람은
발걸음을
보이지 않는다

# 연 鳶

하늘 높은 줄
바로 아는 까닭으로
멀리하는
소망 하나 띄울 뿐

하늘의 문이 열리고
장벽이 허물어져

모두가
하나의 끈으로 연결된
어느 것 하나
버릴 것이 전혀 없다

# 갈대

말하지 마셔요
마음에도 없는 나의 몸놀림을
비웃지 마셔요

그림자 하나로
바람 앞에서 바람 가는 대로
흔들리는 몸짓을 엿보지 마셔요

흐르는 맑은 물 속
나의 뿌리는 살아있는데
보리밭 깜부기 날리는 것으로
착각하지 마셔요

세상 헛웃음 사라지고
별 볼 일 있는 날이 오기까지
침묵으로 기다리는 나를
함부로 말하지 마셔요

텅 빈 가슴인 나를

제멋대로 꾸며
말하지 마셔요

## 새의 울음에는

어느 날 아침
한 마리의 새가
전혀 낯선 새 한 마리가

나뭇가지가 흔들릴 때마다

자꾸만 불안해지고
앉은 자리
믿음마저 상실되고

울다가 노래하다가
살아갈 수 있는 것일까?

여지껏
바람과 함께
낯익힌 주소를 두고서도

다시 날아가다가

그러나
새의 울음에는
눈물 한 방울 없다

# 바람 없는 날

바람 없는 날
분재 화분이 넘어졌다
순간적으로, 갇혀있던
뿌리가 하얗게 드러났다

뿌리는
갇혀있는 푸나무의 본성
뿌리까지 드러내면
모든 게 살아갈 수 없는데

그동안 얼마나
제 본성이 갇힌 채로 살아왔던가
시간도 공간도 존재하지 않는 순간에
이렇게 뿌리까지 드러내게 되다니

씨앗처럼 죽어서
다시 태어날 수 없는 뿌리
씨앗처럼 죽어 수많은 꽃으로
씨앗으로, 열매로 부활할 수 없는 뿌리

바람도 없는 날
순간적으로 하얗게 드러낸
뿌리의 본성, 비로소
완전히 갇혀야 함을 알았다

# 키 큰 나무들

키 큰
나무들은
담 밖으로 목을 내민다

그에 따라
잔가지들도 자꾸
밖으로만 뻗어가는데

안에서는
점점 그늘이 짙어지고
밑동에는 푸른 이끼가 슨다

2부

# 바람탓

바람이 분다
꽃잎이 떨어진다
꽃잎의 흠이
고스란히 들춰진다

고정되어 있지 않은
바람이 문제다
그러나 고정된 바람은
이미 바람이 아니다

꽃잎이
떨어지는 건
바람탓만이 아니다
핑계 삼을 일 전혀 없다

떨어지지 않는
꽃잎은,
이 세상에 없다
꽃잎은 꽃잎으로 떨어진다

# 산실産室에서

갓난아기는
전신으로, 마구 울어댔다
유리창 밖으로는
떠들며 웃으며
누구 하나 울음을 달래주지 않았다

세간世間의 모든 일이 꿈과 같지 않음을 잊어버리는 순간

쏟아져 내리는
모든 말[言]들이 메아리와 같이
나고 자람이 요술과 같이
칠보가 비처럼 쏟아져 내리듯

다양하기보다는 일방적이기 좋은

# 신성리 갈대밭*에서

가던 길을 멈추고
쓸쓸히 뒤돌아보면
그리운 목소리는 간 곳이 없고
갈숲에 부는 바람 피리가 되어
그리던 옛사랑이
흐미한 얼굴로 다가와 멈춘다

언제 다시 만날까
가던 길 되돌아오면
갈숲에 남아있던 철새 한 마리
갈 길을 잃었는지 홀로 우짖고
저물녘 눈물인 듯
금강의 물결에 노을이 어린다


* 충남 서천군 한산면 신성리에 위치한 '신성리 갈대밭'은 그 면적이 무
  려 6만여 평에 이르는 우리나라 4대 갈대밭 중의 하나로, 영화 〈JSA
  공동경비구역〉 촬영지로도 유명한 곳이다. 낙조落照의 붉은 기운에 물
  들어버리는 금강물결과 신비한 조화를 이루고 있음은 물론 겨울철에
  는 고니, 청둥오리 등 철새의 군락지로도 널리 알려져 사계절 관광지
  로 뭇 발걸음이 그치지 않고 있다.

# 꽃이 별이 되어

하늘에 별들이
떼 지어 빛나는 걸 보고
지상에 꽃들이
무리지어 핀 것을 보고

별과 꽃 사이
거리가 없음을 알았네
빛과 향기 사이
둘이 하나임을 보았네

이제 남아있는 것은
거리가 아니라
시간의 문제, 순간에서
영원으로 가는 길

하늘의 별들이
은하수로 끝없이 흐르네
지상의 꽃들이
물결로 한없이 출렁이네

# 귀

양쪽에 마구리를 대어
뒤틀림을 막아내고 싶다

잠시 스쳐 지나가는
바람소리를 벗어나고 싶다

왜 물속에 있으면서
목말라하고 있는가

짧은 즐거움 뒤
긴 아픔을 잊고 싶다

웃으면서 자꾸
귀를 죽이고 싶다

# 풍선

사람들은
내 몸 속에
바람만 불어넣어
들떠 오르게 하지만

나는
지상의 꽃밭
가장 낮은 자리에
붉은 채송화 꽃으로 피고 싶다

# 나팔꽃

아침 햇살이
너무 고와서

큰 소리로
노래하며
하루를 지내다가도

어둠이 몰려오는 건
어이하리오

저녁 이슬
몇 방울에
두 눈을 적시고는

노래하던 입마저
꼬옥 다물고 있네요

# 맥문동

서슬 같은
푸르름 하나로
무리진 솔 발등 위에
먼바다 잔물결까지
푸르게 불러들여
스스로 해야 할 일은
제 갈 길 만들어 가는 것
언제나 깨어 있나니

— 그냥 있는
    그대로 존재하라

밤이나 낮이나
덧없는 시간도 즐겁다

# 문득, 두렵다

그림자만 밟으며
걸어갈 때가 아니다
그렇다고 제 자리에만
서 있을 까닭도 없다
달 무척 밝은 밤
물낯에 얼굴을 묻고 나면
아직도 여전히 흔들리고 있는 내 모습
결코 물결을 탓할 일도 아니다
흔들리는 것은
중심에서 주변으로 옮겨
크나큰 해방감을 맛보는 것
걸어도 달려도 터벅여도
달은 여전히
그림자 하나 남기지 않는다
그림자 하나 없이
흔들리며, 자꾸만 흔들리며
물 속 깊이 가라앉아
제 몸을 갈가리 찢어놓는다

길을 가다가 만난
물 속 달이 문득, 두렵다

# 춘궁기 春窮期
— 윤곤강尹崑崗의 「나비」에게

차라리 꽃향기 가득하다면
꽃향기 속에 흐늘흐늘 녹아들어
후각의 기능마저 아주아주 잃어버리고
꽃향기를 전혀 알 수 없었다면
하늘을 날던 호랑나비 한 마리
날개 찢겨진 채로 늙지는 않았을 게다

그리운 꽃밭에는 찾아가려 하지도 아니했을 게다
그래서 조금도 슬프지 아니했을 게다

홀로 가질 수 있었던 건 오직
퍼덕이는 두 날갯짓뿐
힘이 붙어
한 세기나
두 세기 너머로
너끈히 살아갈 수 있는 두 날갯짓뿐

애당초 슬픈 일이란
꽃향기를 무럭무럭 자라게 한 일이다

꽃향기가 쑤욱 쑥 자라나
세상 속을 너울너울 춤추게 한 일이다

그러나 지금
마지막으로 피워 올린 향기는
무녀巫女의 손끝에서 피어오르는
제향祭香의 내음일 뿐
슬플 일도 이제는 없다
타고난 춤 솜씨조차 자랑할 게 없고
옛날의 꿈도 넉넉히 잊어버릴 게다

오, 그래서일까, 봄날이래도,
호랑나비는 소나무밭을 가로질러
꽃밭에 날아들지 않는다

# 여기

꽃샘추위 몰아치던
날

냉이 하나
곧은 뿌리를
발악처럼 드러냈다.

처처處處에서
자기 그대로 살아가는데

여기
앉아 있었던 시각
무슨 일이 있었단 말인가

# 가끔은 홀로

가끔은 홀로
그림자 속에 들어서도
그림자를 모르면서
살아가고 싶다

하늘빛이
오직 한빛이라서
너와 나의 그림자는
여전히 제각각이어니

보이는 것이란 모두
그림자일 수 있는 지금
바람이 불어온다 하여
그림자가 지워질 수 있겠는가

그림자에 들면
그림자가 보이지 않는 것
가끔은 홀로, 바람을 잠재워
숨 쉬는 공기도 모르고 싶다

# 눈꽃

매운바람에
잎 찢기고 가지 꺾인 채
뿌리 뽑혀 자빠져 있는
푸른 나무들 사이
죽은 나무는 꼿꼿하다

몸에 지녔던
수많은 가지와
이파리 다 버리자
흔들릴 일이 전혀 없는
죽은 나무는 꼿꼿하다

세상을 믿지 않던 사람이
무슨 근심이라도 덜어내려는 듯
무덤 앞에 엎드려 있는
산녘, 아무런 분별없이
먹황새 한 마리
차가운 하늘을 날고 있는

죽은 나무 위에는
구름이 머물지 않는다
매운바람이 비껴간
죽은 나무가 꽃을 피웠다
눈부시게 하얀 꽃 피워 놓았다

# 호남제일성湖南第一城 전주全州 풍남문豊南門 아래서

1층과 2층 각각의 문루에
새벽부터 부지런한
아침 햇살이 무한 깃들어 있고
간밤 어둠을 넘어온 바람들이
가던 길을 연連하여 멈춰 있다

든든한 기둥 위로는 묵직한 혀의 말씀
연꽃같이 피어오르듯 승천하다가
짐짓 멈추며 한숨을 돌리는
청룡靑龍 한 마리

온 고을고을마다
고요가 한껏 깃들어 있고
하늘로부터 내려온 평화와 자유가
온전히 펼쳐져 있는 고을의 모습이려니

기둥과 기둥 사이
갖가지 꽃송이라든가
숱한 길짐승이라든가

심지어 도깨비들까지 데불고

지상에서부터 치솟아 오르듯
뻗어 올린 덩굴풀이
1층과 2층 각각의 문루에
끊임없이 뿌리를 내리고 있다
정월 대보름달처럼 한자리하고 있다

## 고분발굴 古墳發掘

수세기 전 고분 속
국보급 유물 감싸 안은 듯
잡목들이 내린 뿌리가
깊숙한 시간을 에두르고 있었다

시간의 뼈마디마다
울울창창하게 박혀있는
잡목들의 힘줄
조심스럽게 헤칠 때마다
시간의 파편들이
수없이 부서져 내린다

불가사의라도 벗겨내는 듯
손끝에 열기를 더해가자
가까스로 열리기 시작하는
시간의 매캐한 문

나는 이적지
만난 일도 없는

내 몸속의 오장육부를 꺼내어
미궁한 시간 속에 펼쳐놓는다

시간과 전혀
다른 영원 앞에서
내 안에 있는 내 몸이
갑자기, 부르르 떨리는가 싶더니
밝은 하늘이 뇌성벽력으로
소나기 한 줌 퍼붓으며 지나간다

# 달맞이꽃

날이 저물자
빗소리가 더욱 굵어졌다

흠씬 젖은 채로
옛이야기에서처럼 고개 숙인 꽃

하늘 아래
자리를 뜨지 않고
침묵으로 버티어 있다

달은 아직도
대문의 빗장을 풀어놓은 줄
모르고 있는 것일까

어둠이 깊어도
떠오르는 달이 없다면
모든 게 무효라지만

가진 것 돌려놓고 싶은

끝없는 기다림의 꽃, 달맞이꽃

살고 돌아가는 세상에
빗소리는 더욱 굵어졌다

# 나무들은

계절에 따라,
나무들은 단 한 번도
제 자리를
바꾼 적이 없다

뿌리로부터
땅속 깊은 어둠에서 건져 올린
물관 속의 물 한 방울에
섬세히 몸짓을 하면서

서로 부딪쳐
파열하는 잎으로
이것인지 저것인지 분명하지 않은
바람의 길을 열어주면서

봄 여름
가을 겨울, 다시 봄
마음을 일으켜 햇살을 맞으며
나무들은 주어진 시간을 다스린다

3부

# 휘어진 가지

열매가
가득 차면
가지는 절로 휘어진다

열매를
다 쏟아내고서야

휘어진
가지는 비로소
똑바로 돌아간다

일 년 전
하던 짓 그대로이다

# 밝은 날

길을 가다
돌아오는 길에서
다시 보면

이슬은
흔적 하나 없다
그 이슬을 누가 믿어줄까

바람은
제 존재를 내어
잎새만 자꾸 흔들지만

햇살 곱게
밝은 날에는
믿을 것 전혀 없다

# 정오 正午

시끄러운
분별은 없다
고요하게 깨어있을 때
새들이 그물 벗어나
하늘 높이 날아오르자

바람에
흔들리던 나무가
갑자기 부끄러운지
제 그림자를 잡아
발밑으로 바싹 끌어들인다

# 하루 사이

어제 본
분명한 꽃인데
오늘은 보이지 않는다
다른 꽃이 피어있다

하루 사이

내 눈이
변한 것일까
꽃이 보이지 않으니
불던 바람도 잠잠해진다

## 거울 앞에서

무엇을 보고
무엇이 있는지도 모르는데
보이는 것들은 모두
자꾸만 변하고 있다

그동안 쌓은 생각들이
모조리 사라지도록
마른풀처럼
한꺼번에 태울 수는 없을까

그동안의 삶을
파노라마처럼 펼쳐내면서
상처받고, 원한 맺힌 마음들이
눈 녹듯 녹아내리게 할 수는 없을까

기도하는 동안에는
거울을 보기로 하자

저절로 참회가 되고,

사랑과 용서가 솟아오르며
모든 인연에
감사하는 마음이 일어나는 걸 보아라

거울을 통해
끊임없이 나와 너를
비교하고 대조하여 보는 것보다는
나만을 먼저 바라볼 수 있도록

오직 겉만 바라보다가
거울이 모든 것을 부정하더라도
아무것도 보여주지 않은 벽처럼
본성을 깨뜨려서야 되겠는가

# 어린이대공원에서

살아있는 것은
끝나는 순간까지 변하고
또 변해가고 있는데
북적이는 대공원 놀이 광장
살아있다는 진면목은 보이지 않는다

텅 빈 하늘에서
구름은 끊임없이 변하는데
인과因果는 어디에도 보이지 않는다

떼 지어 몰려든
아이들 꼭꼭 움켜쥔 손에서
부푼 풍선은 하나씩 날기 시작하고
일제히 하늘로 올라가 흩어지고

아이들의 눈엔
오직 풍선만 보일 뿐, 구름은
전혀 보이지도 않는다
그 자리에는 인과因果가 없다

햇빛 쨍쨍한 오후
아이들과 어른들이 함께 즐기는
신나는 동화 세상의 축제
비밀 하나 숨겨져 있는 듯

하늘에 매달려 있는 구름은
있는 자리 그대로인데
살아있음이 분명한데
끝내 인과의 진면목은 보이지 않는다

아주 간단한 건데,
마음으로 봐야 잘 보인다는 거야.
정말 중요한 것은 눈에 보이지 않아*

* 『어린 왕자』 중에서

# 어린 아이에게

1.
신은 너에게
이 세상을 살아가도록
어둠이나 밝음 아래
그저 한 점 웃음이나
울음밖에 더 주었는가

2.
골짜기 물 가늘게 흘러도
너에게는 언제나 바다
햇살 한 줌 흘러내려도
너에게는 언제나 하늘

3.
모래밭에서라도, 너는
동아리로 모여 놀 줄을 안다
짓던 집이 무너지면
너는 너에게 알맞은 집을
또다시 세울 줄도 안다

4.
오, 네 앞에 서면
특별한 표시가 보인다
휘둘리지 않는
무상無相의 평온이 가득하다

# 종심從心의 어느 날에

이 세상의 갖가지
모든 것들에 대하여
보고 들으면서 느끼고 생각하면서
함부로 분별하지 말자
어두운 하늘에 떠 있는
별이나 달이나
가슴 안에 들어야 빛이 된다

함부로 이름하여
부르거나 외워 살지 말자

처음으로 깨달아가는 이 가을,
종심從心의 어느 날,
구름 없는 깨끗한 허공
끝 간 데 없는 크나큰 공덕
겁劫을 지나도 잡을 수는 없다

일체는 '나'가 아니요,
'나'와 다르지도 않은 것

능히 알 이 없는
분별하여 알 수 없는
의식이 있는 몸과 바깥 경계
중도에도 흔들리지 않을
칠순의 꿈을
스스로 가득 채워가기로 하자
꿈은 깨어나면 이미 꿈이 아니다

# 골짜기에서

아무래도 몸을
더 낮추어 살아야겠다

어찌 감히
두 귀를 씻어내고
두 발까지 닦아내고
산골짜기 깊이 머물며
몸을 거룩히 할 수 있으리오

조금, 조금씩
발걸음을 내딛으며
산골짜기를 내려오면서
되는 대로 살아가는 것이란

절로 절로
자갈처럼 구르듯
살아간다는 것이란
가난처럼 축복일 수만은 없다

켜켜이 쌓인 구름
스스로 일어선다는 것은
천지의 처음을 여는 것처럼
불가능하거나
기적에 가까운 일이다

몸을 더 낮추어
천상, 흐름으로 살아야겠다

# 날 샐 무렵

내일은
결코
오지 않는다

다만
새롭게 맞는
오늘일 뿐

그래서
기다리는 내일은
보이지 않는다

# 소금밭에서

먼바다 위로
하늘에서 쏟아진 햇살이
푸른 물결을 타고
육지 깊숙이 몰려 들어온다

쉬지 않고
수차를 돌리는
반백 노인 맨발 밑에서
우련, 우련히 우러나오더니

건넛뫼 뻐꾸기 울음이라든가
솔바람까지 한줄기 불러들여
뚝뚝 떨어지는 땀방울과
함께 이룬 결정結晶 하나

함부로
맛볼 수 없는
방편方便인 듯 끈적한
순백의 조복調服을 본다

# 분재盆栽 팔자

바위서리
눈비바람 앞에
오기傲氣 하나로만 살아온
생애, 수백 년 세월 동안
긁히고 할퀸 자리

고주배기* 밑
바위틈에, 잔뿌리 하나
제대로 뻗어내지 못하고
하늘을 원망하며
상처로만 굵어졌는데

어쩌다 늘그막이
하늘빛 자기瓷器에 몸을 옮겨
비로소 팔자 한 번 고쳐보았더니
세상은 날더러 날더러
'억대億代 소나무'라 하네

* 고주배기: 나무에 박힌 가지의 그루터기로 충남 서천 지방의 사투리

78

# 포식鮑食

먹고 또 먹어도
항상 배가 고파 왔다
여전히 배가 고파 왔다
아무리 먹어도 배가 고파 왔다

하늘은 물속에
깊이 잠겨 있는데
좀처럼 먹히지 않았다

꿈속에서의 포식

연잎에서
이슬 한 방울 떨어져
물 위에 파문이 일었다

금붕어 한 마리
잠에서 깨어나자마자
물 위의 파문을
순식간에 집어삼켰다

# 봄꽃 축제장에서

봄꽃 축제장
지천으로 피어난 꽃자리에
내가 앉을 자리는
한 곳도 없다

몇 발자국을
걷다 보니, 걷기를
그만두는 것은 쉽지만
걷지 않기가 너무 어렵다

걷고 있는 곳에서
걷는 길을 볼 수 있다지만
걷지 않은 곳이야말로
걸을 여지가 꽃다웁지 않은가

문득 수중식물원에 이르니
물속에 발목을 담근 갈대가
제 몸을 흔드느라고
하늘조차 바라보지 못하고 있다

# 끊임없이

모든
하늘과 땅 사이를
사람들은 허공虛空이라 부른다

보이는 것은
있는 그대로
자리할 수 있을까

모든 어둠이
사라질 때까지 사람들은
허공을 향해 기도하고 있는데

허공에는 지금
철 잃은 낙엽 하나둘씩
뚝뚝, 끊임없이 쌓여가고 있다

# 왕솔밭에서

누군가 분명 지났는데
지나간 자리에 발자국이 없다

솔잎에 햇살이 내려앉아
온통 황금빛인데
그 황금빛으로 지상은, 지금
황홀한 궁전인데

하늘에서 발걸음하고 있었구나
그렇구나, 푸르름을 배경으로
하얀 구름 징검징검 걸음하여
지상에 내려온 것이로구나

이곳은 온갖 지극함이
마음을 거울처럼 사용하여
실상은 하늘의 소유도
사람의 소유 하나도 없는 곳

차마 높은 곳을 꿈꾸다가

어리석은 자리에 앉아
함부로 사랑하고 미워하며
슬프고 괴로울 수조차 없구나

비로소 숨을 돌리고
낮은 헛기침도 지워가는데
문틈으로 새어 나가는 티끌을
허공의 꽃처럼이나 멀리하는데

어떠한 발자국 하나 없이
하늘 가득 송향松香으로 넘치고 있다

# 부초 浮草

내 몸은
안과 밖으로,
하나 되지 않는다

안으로는
보고 듣고 맡고 맛보고
만져보고 생각하는데

밖으로 내달리며
말할 수 없이 말할 수 없는
오직 출렁임뿐인데

내 안과 밖으로
세상에 있는 좋다 싫다가
내 맘대로 되는 일이 있을까

4부

# 별일<sub>別-</sub>이다

가을 들판에서
굶주린 참새떼 쫓다가
들어와 보니

참새 한 마리
안마당에 앉아
두리번거리고 있었다

문득 짠한 마음에
쌀 한 줌 쥐고 나와
뿌려줬더니

참새는
쪼으기는커녕
놀라 날아가 버렸다

# 집

비로소
숨을 돌리고
작은 욕심들을
하나하나 지워가는데

문틈으로
새나가는 티끌들이
허공의 꽃으로
자꾸만 멀어져 가네

# 닭들은

닭들은, 새벽을
기다려 우는 게 아니라
새벽이 되어야 운다
어둠이 먼 곳에서부터
자벌레 앞발걸음질처럼
조근조근 뒤로 물러나기 시작하지만
초저녁부터 잠든 아기는
아직도 잠들어 있다

새벽이 아침에 이르면
닭들은 깃을 쳐서
소리 높여 아침을 노래한다
노래로 이어지는 아침은
하루를 맞이하는, 그 시작의 시각
잠든 아이를 깨워야 한다
노래란, 신神이
지상에 내려준 살아있는 노역勞役의 선물

살아있음을 증언하듯

닭들은 제 몫으로 노래를 높인다
물소리, 바람소리로는
아무리 구해도 얻지 못하는
소중한 울음이 하나씩 이어지도록
하나씩 이어져 마침내
한 방울의 땀이 흐르도록
닭들은 소리 높여 아침을 노래한다

아침의 색깔이 점점 바뀌어 가고
닭들이 둘러앉아 모이를 쪼아대면
잠에서 깨어난 아기의 눈망울에
때를 씻은 듯 맑은 노래가 흐른다
한 점의 오차도 없이
새벽을 기다려 우는 게 아니라
새벽이 되어서야 울던, 닭들은
아침을 만나 아침의 노래 한 곡조로
깃을 털어대며, 끼리끼리 목을 비비며
비로소 노역의 하루를 빚어간다

# 빈손

요란한
세상을 향한
출발을 놓아버리자

편안한
종점에 닿았다
빈손 가득 남았다

# 설맞이


여울목의 물고기는
거슬러 오르는 재미로 살아간다
거슬러도
거슬러 올라가도
결국에는 제 자리
그것을
모르는 재미로
살아간다

새해 설날이
버얼써 다가왔다

# 암투暗鬪

아침 산책길
잔디밭 군데군데
포도송이처럼 돋아난 흙덩이를 본다
습기 찬 땅 속에서
지렁이가 흙을 밀어올린 흔적
전혀 생각지도 못한 일이다
지렁이는 아마도
기나긴 밤 쉬지 않고
어두운 땅 속을 기어
제 갈 길을 만들어 갔을 것이다
그런데 이건 또 무얼까
군데군데 뒤집어 놓은
거대한 흙더미들
지렁이의 발길을 쫓아간
두더지의 흔적이란다
어두운 땅 속에서
쫓고 쫓기는
이 치열한 흔적들
그야말로 암투暗鬪가 아닌가

보이지 않는 곳으로부터
이것이 있으므로 저것이 있고
저것이 생기므로 이것이 생기는 걸
어찌 막아낼 수 있을까
지렁이가 보이지 않는 자리
어처구니없이, 아침 산책길은
거기서 끝나고 만다

# 산은 어둠을 불러

산은 어둠을 불러
제 그림자로 먼 마을을 덮어주고
개울 건너, 언덕을 넘어
제 밑자락부터 가리기 시작한다
어둠 속에서
맑은 물을 흘려내리면서
물 속 자갈들의
날카로운 모서리를 갈아준다

산에게는 보이지 않는
따스한 손길이 있었던가
어느 누구에게도 보이지 않으면서
안개처럼 스멀스멀 피어오르는
운신運身의 모습

골짜기로부터
아래로 내릴수록 폭은 넓어진다
넓어진 만큼
안개처럼 조금씩

조금씩 드러나는 모습이란
어느 태곳적부터 용서받을 수 있음이랴

거슬러 오르는
붕어며 송사리를 떼로 불러
모서리가 모두 닳아버린
자갈을 굴리다가 보면
소문처럼 깊이 감추어 오고도
그렇지 않은 양 속이는 죄는
결코 용서할 수 없음이라

완전한 어둠에
온 누리가 보이지 않으면서
다만 존재하고 있음을 느끼는 순간
산은 비로소
흐릿한 봉우리 하나로
아스라이 하늘빛을 모으고 있다

# 우리는 매일 물을 마신다

우리는
매일 물을 마신다

그러나 과연
맛으로 마시는가
아니면 그냥 마시는가

소리가 들리면
바람소리인지
짐승 우는 소리인지

바람을 타고
들려오는
물 흐르는 소리인지

과연
깨달으며 듣는가

물을 마시며

바람을 따라, 우리가
낙원을 꿈꾸고 있을 때

물속의 돌은
움직이지 않으며
스스로 소리하지 않지만

돌에게는
들리는 것도
마시는 것도 없지만

우리는 또,
매일 물을 마신다

# 분명한 하나

풀 한 포기
나무 한 그루
뽑히고 잘려나갈 때

하늘은
지상과 경계하여
번개 치고 비를 뿌린다

댓잎 하나하나에
후둑이는 빗방울 소리가
울울한 대바람 소리를 이루고

아침을 울던 참새떼
훅, 어디로 날아간 것일까
건너 솔숲에는 침묵만이 깊다

이는 결코 우연히
일어난 일만은 아니다
분명한 전체로서의 하나

풀 한 포기
나무 한 그루
뽑히고 잘려나갈 때

지상은
하늘과 경계하여
기운 또한 조금씩 스러져간다.

# 햇살 그림자

한 줌의 햇살에게는
스스로 가꾸는 그림자가 있다
세상이 앞만 보고 걸어가면
문득 앞길을 훤히 비춰주다가도
뒤켠으로는 어둠이 함께 하고 있는 걸
섬뜩하게 바라보다가
슬그머니 그림자를 펼쳐주곤 한다

바람이나 혹은
바람에 흔들리고 있는 나무 밑에
때로는 그늘을 드리워
길손의 피곤을 달래주기도 하고
어둠을 차근차근 거둬들이며
눈물을 씻어내 주기도 하지만

그늘과 어둠 사이
아침의 눈부심은 아주 짧은 시간
그림자를 징검으로 삼아, 온종일
세상 이리저리 돌고 돌아서

햇살은 비로소
거둬들인 어둠을 꾸역꾸역 토해낸다

그래, 다 저녁때
마지막 혼신의 힘으로
아침의 눈부심을 다시 불러
가장 찬란한 순간으로 생을 마감하고
토해낸 어둠 속에 잠잠히 몸을 묻는다

세상은 햇살의 그림자 속에 들어
하루에 지친 허리를 긴 휴식에 눕힌다

# 야래향夜來香

부신 햇살
마다하고
어둠이 짙어오자

이슬에
젖어들어
차운 몸 씻어내며

인간사
잠든 세상에
향기 가득 흘렸다

# 혹 시인詩人이 아닐까

나이가 들고
시력詩歷이 점점
깊어지는 동안

시인의 시詩가
느슨해지는 까닭은
무엇일까

허리춤이 절로
풀어지는 줄 모르고
급히 발걸음하는

저기
저 노인도
혹, 시인이 아닐까

# 풀꽃들의 통성명通姓名

풀꽃들은 그들 사이
틈 하나 만들지 않는다
그래서 풀꽃들은
서로서로 한몸이 되어
비와 바람을 맞는다

비록 성과 이름을
저마다 가졌다 하더라도
그것은 다만
부르기 위한 것일 뿐
서로간의 구별이 없다

지친 발걸음에
짐짓 흔들던 몸을 뉘어
자리 하나 선뜻 마련해주지만
동굴의 지견智見조차
바라지 않는다

수천수만의 풀꽃들

살아생전 단 한 번도
뿌리내린 자리 좁은 것을
서로 탓하지 않는다, 그래서
풀꽃들의 그림자는 무리가 된다

비를 만나 바람과 함께
낯선 이름과 성끼리
풀꽃들은 가슴과 가슴으로
통성명通姓名을 하면서
저마다의 빛과 향을 나눈다

# 심증론心證論

데구루루
가랑잎 무리져
잘도 굴러가는데

바람은
머리칼 하나
보이지 않는다

# 슬픈 날

잎 다 진
우듬지 끝

매운 겨울에
드러난

감나무의
붉은 심장 하나

백척간두百尺竿頭의
순간이다

내 심장이
과연 안녕할까

# 대나무 뿌리는 마디가 짧다

슬픔이 있을 때에도
대숲은 홀로 울지 않는다
바람을 불러, 참새 떼와 함께 불러
제 슬픔을 모두의 슬픔으로 함께 나눈다

대숲의 슬픔이 크면 클수록
바람 가득한 까닭을
참새 떼 지어 날아오는 까닭을
허공에 뜬구름이 어이 알까나

삶에 슬픔이 있다는 것
대나무 홀로가 아니라
바람이며 참새 떼며 함께
온몸을 흔든다는 걸 어이 알까나

대나무 한 그루 한 그루가 모여
대숲을 이루고
바람 한 줄기 한 줄기가 모여
그 대숲을 흔들고

참새 한 마리 한 마리가
대나무 가지마다에 앉아
한 가지 목소리로 울어대며
그 슬픔을 나누고 있는 것

슬픔은 자기만의 것이 아니라
모두의 슬픔이라는 것은
대나무가 언제 어디서건
무리지어 숲을 이루는 까닭인 것

마디 길게 하여 몸을 높이고
바람으로 하여, 참새 떼로 하여
숲을 이루며, 슬픔을 나누는
대나무에게는 슬픔이 곧 기쁨이었다

그러나 흙 속의
대나무 뿌리는 내리고
내린 기쁨으로 슬픔으로
그만큼의 마디마디, 그 마디는 짧다

# 연어

우리가
얼굴 없는
얼굴을 지켜보고,
소리 없는 소리에
귀를 기울일 때

연어는
죽음조차
염두에 안 두고
오직 살아가기 위해
물길을 거슬러 오른다

해설

# 정량 시학과 풀꽃들의 어울림

이 경 호(문학평론가)

## 1. 정량 음악과 온몸으로 누리는 시

르네상스 시대 음악 양식에 '정량 음악定量音樂, Measured Music'이라고 하는 것이 있다. 16세기 프랑스의 성악곡에 적용되었던 음악 양식인데 이것은 고대 예술에 나타났던 시와 음악의 일체성을 다시 실현하려는 의도로 만들어진 음악 양식이었다. 보다 구체적으로 설명하면 음악에서 음표의 길이가 가사의 시적 운율을 따라가도록 작곡하는 음악 양식이다. 이런 음악은 노랫말이 강조되는 방식으로 작곡이 되었고 따라서 전반부에는 악기 반주가 허용되지 않다가 후반부에 들어서 악기 반주가 허용되기도 했다. 정량 음악의 경우는 음악이 시를 지향하는 양식을 표현해놓은 것이라고 단정할 수 있겠다. 그런 점에서 음악을 정량화하는 양식이란 노랫말이 돋보이도록 음악이 전개되는 양식을 절제하거나 규제하는 것으로 판단할 수도 있다. 그리고 이러한 양식은 시의 근본이 무엇인가를 되새기게 만드는 역할을 수행하기도 한다. 음악에서 시를 지향하는 양식적 특징은 오늘날까지 계승되어 프랑스의 가곡인 샹송과 독일의 리트, 이탈리아의 칸초네 등으로 표현되고 있으며 우리나라의 가곡도 예외는 아니다.

그렇다면 시의 입장에서는 어떨까? 동서양을 막론하고 19세기까지 시는 '시가詩歌'의 형태로 존재해 왔다. 그것들은 눈으로만 읽는 시가 아니라 입으로 낭송하고 귀로 듣는 통감각적 시의 양식으로 존재해온 것이다. 아직 책이 널리 보급되지 않은 시절에 문학이 수용되던 양식이라는 사회적 배경이 반영되기도 했으나 그보다 문학과 예술의 어울림을 자연스러운 전통으로 계승해온 영향일 것이다. 시와 음악의 어울림은 문학을 비롯한 모든 예술이 근원적으로는 온몸으로 참여하고 누리는 속성을 간직하고 있다는 사실을 환기해준다. 그런 점에서 학문을 비롯한 모든 삶의 분야가 서로 나뉘고 전문화되어버린 20세기에 태어난 현대시가 눈으로만 감상하고 복잡하게 사유해야만 이해할 수 있는 관념시의 형태로 나아간 결과를 반성할 필요가 있다. 현대시의 생산자나 수용자가 마치 만화에 등장하는 머리만 발달한 화성인의 기형적인 모습을 연상시켜 줄 수 있기 때문이다.


## 2. 정량 시학—고요함의 절제된 양식

구재기의 이번 시집을 관류하는 가장 중요한 특징도 시의 음악성을 되살려 시를 온몸으로 누리게 만드는 양식이 반영되어 있는 점이다. 앞에서 정량 음악이 노랫말이 돋보이도록 음악을 절제하는 양식을 채택했다고 설명한 바 있는데, 구재기의 시편에서는 반대로 시의 음악성이 돋보이도록 시의 언어를 절제하고 다듬는 양식이 표현되고 있다. 이런 시의 양식을 '정량 시학'이라고 불러볼 수 있을 듯하다.

시끄러운
분별은 없다
고요하게 깨어있을 때
새들이 그물 벗어나
하늘 높이 날아오르자

바람에
흔들리던 나무가
갑자기 부끄러운지
제 그림자를 잡아

발밑으로 바싹 끌어들인다

−「정오正午」 전문

거의 동요나 시조에 가까운 리듬감을 보여주는 이 작품의 절제된 서술 양식은 자연의 사물이 환기하는 속성들끼리 대비되고 호응하는 효과를 반영하고 있기도 하다. 시의 화자가 주목하는 자연의 사물은 "새"와 "나무"이다. 보다 상세하게 규정하면 "새"와 "그물", 그리고 "나무"와 "그림자"의 대비 관계이다. 이런 대비 관계가 일깨우는 자연의 속성은 고요함인데, 그것 역시 시끄러움과 대비되고 있다. 시의 화자가 주목하는 자연의 사물들 역시 시행들만큼이나 절제된 대비 효과를 반영하고 있는 셈이다.

그런데 절제된 서술 양식이 사물의 절제된 속성과 어울리는 풍경은 2연에서 보다 참신한 심미적 효과를 이끌어낸다. 고요함의 절제된 속성을 자각한 시적 화자가 "바람에/ 흔들리던 나무[가지]"의 소란스러움을 부끄러워하면서 정오에 가장 짧아진 나무 "그림자"를 주목하는 시선을 제시하기 때문이다. "제 그림자를 잡아/ 발밑으로 바싹 끌어들"이는 풍경을 관찰하는 시선이 바로 고요함과 어울리는 절제의 미학을 구현하는 역할을 수행하는 것이다.

## 3. 소리의 경이로운 리듬

그런데 고요함을 절제의 양식과 어울리게 만드는 시선은 고요함과 길항하는 자연의 다른 속성들을 주목하고 있기도 해서 주목을 요한다.

비바람 거센
한여름 날 밤이면
홈통 속 물소리에 놀라고

한겨울 대낮이라도
문 닫고 홀로 있으면
고드름 떨어지는 소리에 놀라던

어린 시절처럼

그렇게 놀란 가슴으로
살아왔다 하더라도
별 많은 밤이 너무 그립다고

아파트 숲을 빠져나와
구렁목고개를 넘어온
바람소리, 속삭이듯 들려왔다

— 「별 많은 밤에」 전문

이 작품에서 들려오는 소리들은 얼핏 고요함을 깨뜨리는 기능을 감당하고 있는 것처럼 보인다. 또한, 고요함이 자연의 공간을 배경으로 삼는 데 반하여 그 소리들은 문명생활의 공간을 배경으로 삼고 있기도 하다. 그런데 중요한 것은 생활의 공간 속에서 생겨난 소리들이 경이로움을 일깨우는 기능을 수행한다는 사실이다. 그런 경이로움이 유년시절의 마음속에 생에 대한 리듬감을 만들어주었기 때문이다. 시의 화자는 그런 경이로움을 제공한 삶의 환경을 벗어날 수 있는 자연의 고요한 환경을 그리워하고 있다. 그런데 주목할 점은 소리와 대비되는 별의 존재감 또한 경이로움을 이끌어내고 있다는 사실이다. 게다가 별은 무수히 많은 존재감으로 고요한 상태를 위반하는 효과를 만들어내고 있기도 하다. 별들은 와글와글한 형상으로 소란스러운 분위기를 연출해내고 있는 것이다. 따라서 고요함과 소란스러움은 서로를 배제하는 것이 아니라 서로 맞서고 겨루면서 경이로운 생의 리듬감을 만들어내게 된다. 이 리듬감이야말로 구재기 시집의 절제된 시 양식을 이끌어가는 원동력으로 작용하고 있다.

## 4. 고요함의 불씨

고요함은 소란스러움과 드러내놓고 맞서기도 하지만

은밀하게 맞서기도 한다. 아니 은밀하게 맞서는 것이 아니라 고요함이 소란스러움을 품거나 내장한 존재 조건으로 절제된 양식의 리듬감을 구현할 때도 있다.

이미
타버린 것들에는
침묵이 있었다

누군들
알았으랴, 애당초
저렇게 타버리면 어둠뿐

어둠을
다독이며
문득 헤쳐보다가

아, 아직도
남아있는 애증愛憎은
열어보지 못한 뜨거운 궁전宮殿

단박에
풀릴 수 없는
침묵은 깊었다

– 「화톳불을 헤치며」 전문

"화톳불"에서 고요함은 "침묵"으로 변주되고 있다. 이 침묵의 상태를 주목해야만 하는 까닭은 생의 연륜이 침묵의 상태를 죽음의 세계와 연계시키고 있는 것처럼 보이기 때문이다. 시의 화자가 "이미/ 타버린 것들에는/ 침묵이 있었다"라고 규정할 때 고요함은 고갈되고 소진되어버린 존재감을 드러내고 있다. 고요함은 그렇게 텅 빈 존재의 상태를 환기해준다. 그래서 침묵이 동원되었을 것이다. 말이 부재하는 상태. 그런데 침묵은 죽음이나 부재의 상태에 머무르지 않는다. 침묵은 죽음이나 부재를 넘어서는 존재의 가능성을 탐문하는 상태로 제시되어 있다. 그러한 탐문의 작업이 수직이 방향성을 갖는다는 사실을 주목할 필요가 있다. 침묵의 상태로 존재하는 "타버린 것들"을 파헤쳐 "열어보지 못한 뜨거운 궁전"을 찾아내는 결실이 아래로 하강하는 작업을 통해서 성취되고 있기 때문이다. 앞에 인용한 작품에서 고요함은 소란스러움과 맞서는 수평적 관계 속에서 생의 리듬감과 절제된 언어 양식을 구현할 수 있었다. 그런데 이번에는 수직의 관계 속에서 고요함과 소란스러움이 어울리면서 생의 에너지와 절제된 언어 양식을 구현하고 있는 것이다.

## 4. 소리의 뿌리

구재기는 고요함뿐만 아니라 소란스러움의 세계에서도 하강하는 작업의 성과를 탐문해 보인다.

말하지 마셔요
마음에도 없는 나의 몸놀림을
비웃지 마셔요

그림자 하나로
바람 앞에서 바람 가는 대로
흔들리는 몸짓을 엿보지 마셔요

흐르는 맑은 물 속
나의 뿌리는 살아있는데
보리밭 깜부기 날리는 것으로
착각하지 마셔요

세상 헛웃음 사라지고
별 볼 일 있는 날이 오기까지
침묵으로 기다리는 나를
함부로 말하지 마셔요

텅 빈 가슴인 나를
제멋대로 꾸며

말하지 마셔요

－「갈대」전문

　이 작품에서 갈대의 "몸놀림"은 "흔들리는 몸짓"과 "침묵으로 기다리는 나"와 "텅 빈 가슴인 나"로 표현되고 있는데, "흔들리는 몸짓"은 소란스러움을 대변하는 데 반하여 "침묵으로 기다리는 나"와 "텅 빈 가슴인 나"는 오히려 고요함을 대변하는 것으로 간주될 수 있다. 그러니까 갈대는 소란스러움과 고요함을 동시에 구현하는 자연의 존재인 셈이다. 이때 참고해야만 할 사항은 소란스러움이나 고요함이 모두 온전한 존재의 상태나 속성으로 받아들여지지 않고 있다는 점이다. 소란스러움이나 고요함은 "비웃음"이나 "착각"의 대상으로 여겨질 따름이다. 그에 반해서 갈대의 진정한 존재 가치는 텅 빈 줄기가 바람에 날리는 이파리가 아니라 "뿌리"에 간직되어 있는 것으로 표현되고 있다. 그런데 갈대 뿌리의 존재 조건이 "흐르는 맑은 물속"에 감추어져 있다는 사실을 주목해야만 한다. 그 조건이 화톳불의 불씨와 유사하기 때문이다. 그것은 하강의 탐문작업에서만 찾아낼 수 있는 존재 가치를 간직하고 있다.

## 5. 수평과 수직을 공유하는 풀꽃들의 노래

　구재기의 이번 시집에서 소란스러움의 세계가 고요함의 세계를 압도해버리는 풍경도 주목할 필요가 있다. 그 까닭은 무엇보다도 소란스러움의 세계가 수평과 수직의 방향을 모두 포괄하는 특징을 보여주고 있기 때문이다.

　　풀꽃들은 그들 사이
　　틈 하나 만들지 않는다
　　그래서 풀꽃들은
　　서로서로 한몸이 되어
　　비와 바람을 맞는다

　　---(중략)---

　　수천수만의 풀꽃들
　　살아생전 단 한 번도
　　뿌리내린 자리 좁은 것을
　　서로 탓하지 않는다, 그래서
　　풀꽃들의 그림자는 무리가 된다

　　비를 만나 바람과 함께
　　낯선 이름과 성끼리
　　풀꽃들은 가슴과 가슴으로
　　통성명通姓名을 하면서

저마다의 빛과 향을 나눈다

—「풀꽃들의 통성명通姓名」 부분

　수평과 수직을 공유하는 소란스러움의 세계를 대표하는 자연의 대상은 "풀꽃들"이다. 그것들끼리 어울려 소통하는 관계가 수평과 수직의 방향성을 공유하고 있는 것이다. 먼저 수평의 관계는 지상에서 "틈 하나 만들지 않"고 "서로서로 한몸이 되어/ 비와 바람을 맞는" 풀꽃들의 관계로 구현되고 있다. "비와 바람을 맞는" 조건을 고요한 상태라고 규정하기는 어렵다. 그것은 소란스러운 상태인 것이다. 그런데 소란스러운 상태 속에서 풀꽃들의 관계가 더욱 친밀해지고 역동적인 관계로 구현되는 효과가 생겨난다. 그런가 하면 수직의 관계는 "뿌리 내린 자리 좁은" 풀꽃들의 관계로 구현되고 있다. 보이지 않는 지하의 공간에서도 서로 긴밀하게 소통하는 관계를 이룩하는 모습을 "풀꽃들의 그림자는 무리가 된다"고 표현해 보인다.

　구재기의 이번 시집에 담긴 시편들은 서로 다르거나 상반된 요소들이 어울리거나 부딪치는 관계 속에서 생겨나는 리듬감을 표현해내고 있다. 그것들은 고요함과 소란스러움의 관계이며, 수평과 수직의 방향 속에서 어울리는 관계이기도 하고, 자연과 문명의 맞서는 관계로 표현되는 요소들이기도 하다. 그것들의 관계는 서로 다른 풀꽃들의 어울림을 닮아서 "가슴과 가슴으로/ 통성명을 하면서/ 저마다의 빛과 향을 나눈다". 노래가 시를 지향해온 정량 음악의 양식을 이제는 시가 노래를 지향하는 정량 시학의 양식으로 전환하는 구재기의 작업도 그러한 풀꽃들의 어울림을 표현해내고 있다.